AF454541

CATALOGUE

DE

CURIOSITÉS

ET OBJETS D'ART

MEUBLES ANCIENS ET DE STYLE

TABLEAUX, GRAVURES, DESSINS

De toutes Écoles

ARMES ANCIENNES — FERS — BOIS SCULPTÉS

BIJOUX — OBJETS DE VITRINE

ANCIENNES TAPISSERIES

LIVRES

Œuvres de La Fontaine, La Bruyère, P.-L. Courier,
Jean-Jacques Rousseau, Shakespeare, etc.

VENTE HOTEL DROUOT — SALLE N° 5
Les Mercredi 5 et Jeudi 6 Mars 1890
A 2 heures.

EXPOSITION PUBLIQUE
Le Mardi 4 Mars 1890, de 1 h. 1/2 à 5 h. 1/2.

Mᵉ L. LHUILLIER	M. LEGAY
COMMISSAIRE-PRISEUR	EXPERT
29, Rue Le Peletier.	74, Quai des Orfèvres.

CONDITIONS DE LA VENTE

Elle sera faite au comptant.

Les acquéreurs paieront, en sus des adjudications, **cinq pour cent,** *applicables aux frais.*

L'exposition mettant le public à même de se ren re compte de l'état des objets, il ne sera admis aucune réclamation, une fois l'adjudication prononcée.

DÉSIGNATION

MEUBLES

1 — Très beau Meuble de salon, style Louis XVI, bois sculpté, composé de : un Canapé, quatre Fauteuils et quatre Chaises, couverts en soie à rayures, signé **Leisz.**

2 — Bureau Louis XV.

3 — Vitrine Louis XVI.

4 — Commode Louis XVI.

5 — Pendule, style Louis XIV, en marque-terie,

6 — Vitrine, style Louis XVI, ornée de cuivres.

7 — Bureau à cylindre.

8 — Bureau en marqueterie.

9 — Autre Bureau en marqueterie.

10 — Table de nuit, style Louis XVI.

11 — Vitrine.

12 — Ameublement de salon, style Louis XIV, composé de : un Canapé, deux Fauteuils et trois Chaises, recouverts en étoffe, imitation tapisserie.

13 — Deux paires de Rideaux, même étoffe.

14 — Bahut Louis XIII, à deux corps.

15 — Meuble à deux corps, noyer sculpté, style Henri II.

16 — Étagère en vernis Martin.

17 — Étagère en vernis Martin, forme demi-lune.

18 — Table style Henri II, noyer ciré.

19 — Autre Table, de même style.

20 — Écran Louis XVI.

21 — Garniture de cheminée, style Louis XIV, en bronze.

22 — Fauteuils Louis XVI.

23 — Petite Table, style Louis XIII, en chêne.

24 — Bibliothèque acajou.

25 — *Négresse accroupie*, terre cuite décorée, grandeur nature.

26 — Guéridon en laque de la Chine.

27 — Paire de grands Vases en bronze japonais.

28 — Autre paire, plus petits.

29-30 Deux Éléphants en bronze japonais, supportant des pagodes.

31 — Paire de grandes Jardinières en bronze du Japon.

32 — Grand Groupe en grès émaillé de la Chine.

33 — Paire de Colonnes en marbre.

34 — Deux petits Fûts en marbre.

35 — Belle Garniture de cheminée, Pendule, sujet *Psyché couronnant l'Amour*, et deux Candélabres.

36 — *Pierrot*, statuette en bronze.

37 — Glace bronze, style Louis XIV.

38 — Tableau faïence, représentant un coq, signé **Couturier**.

39 — Statuette terre cuite décorée, *Jeune Fille au Chat*.

40 — Très belle Arbalète du xvi⁰ siècle, avec moufle et son cranequin.

41 — Main gauche xvii⁰ siècle, garde fer gravé à quillons.

42 — Clyamore écossaise.

43 — Mousqueton à rouet, canon gravé, incrusté d'ivoire, époque Louis XVIII.

44 — Rouet ancien.

45 — Épée de duel, italienne, époque Louis XIII.

46 — Arquebuse sculptée, incrustée de cuivres
gravés.

47 — Paire de Flambeaux, bronze argenté.

48 — *Diane*, statuette équestre.

49 — Statuette d'enfant, terre cuite.

50 — Buste de femme, terre cuite.

51 — Pendant du précédent.

52 — L'*Avare*, buste terre cuite bronzée.

53 — L'*Hiver*, buste terre cuite bronzée.

54 — Buste terre cuite décorée : *Tic-Tac*.

55 — *Boccace*, statuette terre cuite.

56 — Deux Vases faïence héraldique, fond jaune.

57-58 Deux paires de Vases, faïence indienne.

59-60 Deux paires de Vases en faïence italienne.

61 — Pendule en faïence italienne.

62 — Groupe faïence, émaillé blanc.

63 — Plat faïence noire gravée.

64-66 Trois Écritoires arabes en cuivre gravé.

67-69 Trois Poignards circassiens.

70-75 Six Narghilés.

76 — Dix Sébiles turques, cuivre gravé.

77 — Lot d'anciennes faïences françaises (sera
divisé).

78 — Deux Supports, bois sculpté, style Re-
naissance.

79 — Paire de Vases, bronze japonais, décors
en relief.

80 — Paire de Vases en Barbottine.

81 — Paravent Louis XIII, étoffe, sujet chinois.

82-88 Six paires de Vases en terre cuite japo-
naise décors à réhauts d'or.

89 — Paire de Candelabres en porcelaine de
Meissen.

90 — Jardinière en faïence de Marseille.

91 — Compotier en faïence de Marseille.

92 — Brule-Parfums oriental en cuivre gravé.

93 — Lot de Bois sculptés (sera divisé).

94 — Paire de Vases, porcelaine fond bleu de
Sèvres, monture bronze.

95 — *La Vénus de Milo*. Statue galvano.

96 — Pendule Empire.

97 — Tête-à-Tête, porcelaine de Saxe, dans son
écrin.

98-99 Deux Cadres, style Louis XV, en métal
bronzé.

100 — Paire de Vases en faïence de Satzuma.

101-102 Deux Divinités en grès émaillé de la
Chine.

103 — Groupe en pierre de lard, Sculpté.

104 — Paire de Vases en porcelaine du Japon.

105 — Paire de Vases Rakudjaki, forme balustre.

106 — Pelle et Pincettes, fer forgé.

107 — Landier, fer forgé.

108 — Violon.

109 — Pichet en grès, monture en étain.

110-110 Deux Groupes de deux personnages, en porcelaine de Saxe.

112-117 Six Statuettes, porcelaine de Saxe.

118 — Deux Cache-Pots, faïence, décor Deelft.

119 — Vase, faïence fond bleu, monture bronze argenté.

120 — Plat, terre cuite décorée : *Dans la Cave.*

121 — Vasque fond bleu, faïence décorée.

122 — Six Portières orientales.

123 — Garniture de lit et de fenêtres, en velours vert.

124-127 Quatre Chapes anciennes.

128-133 Six Chasubles anciennes, soie et damas.

134 — Lot d'Étoffes anciennes (sera divisé).

135 — Tapis d'Orient.

136 — Tableau ancien : Portrait d'homme, avec armoiries et inscriptions : Æ. TATIS, S V Æ 59, A° 1626.

137 — Tableau : Portrait d'homme à sa fenêtre, belle copie de **Rubens**.

138 — **Navez F.**, 1853. — Personnages en prière, dessin rehaussé d'aquarelle.

139 — Tableau : Portrait de Louis XV enfant.
140 — **École moderne.** — Dix Tableaux, sujets de genre et paysages.
141 — Dessins en nombre, de toutes les Écoles.
142 — **Rouargue.** — Vue de Venise, aquarelle.
143 — **Rouargue.** — Pendant du précédent.
144 — **Panini J.-P.** — Ruines et personnages, dessins à l'encre de Chine, rehaussé d'aquarelle.
145 — Ce dessin provient de la collection Victor Adam, vendus en juin 1870.

TAPISSERIES

BIJOUX

154 — Broche croissant, brillants et roses.

155 — Pendant de cou, brillants et roses.

156 — Paire de Boutons d'oreille, deux brillants.

157 — Bague ornée d'un gros brillant.

158 — Bague, brillants et perles.

159 — Bracelet, brillants et roses.

160 — Bracelet, brillants et saphirs.

161 — Bague, brillants et saphirs.

162 — Bonbonnière ornée d'une miniature.

163-164 Deux Miniatures sur ivoire : portraits
de femmes.

165 — Lot de Bijoux or (sera divisé).

LIVRES

166 — **Shakespeare.** — 13 vol. Traduction de
LETOURNEUR. précédée d'une notice de
F. GUIZOT. — Paris 1827.

167 — **Robertson. W.** — *Histoire du règne
de Charles-Quint*, traduction de J.-B.
A. SUARD. — Paris MDCCCXVII,
4. vol.

168 — **Plutarque.** — Traduction de J. AMYOT,
22 vol.

169 — **Fourier.** — *Le Phalanstère*, vie et ma-
nuscrits, etc., etc. — 40 vol. reliés
maroquin.

170 — **Le Dante.** — Traduction de A.-F.
ARTAUD, 1828. — *Le Paradis*, 3 vol.
— *Le Purgatoire*, 3 vol. — *L'Enfer*,
3 vol ; relié maroquin.

171 — **Gresset.** — Œuvres choisies, figures de
Moreau le Jeune, 1 vol., rel. maroquin.

172 — *Amours de Théagènes et Chariclée*, traduit par J. ARNYOT, HÉLIODORE, 4 vol., rel. maroquin.

173 — *Amours de Chéréas et Callirrhoé*, traduit par LARCHER, 2 vol., rel. maroquin.

174 — *Les Pastorales de Longus*, traduit par P.-L. COURIER, 2 vol., rel. mrroquin.

175 — *Aventures d'amour de Parthenius.* — 1 vol. rel. maroquin.

176 — *Amours de Rhodante et Dosiclès.* — 1 vol. rel. maroquin.

177 — *La Luciade* ou *l'Ane de Lucius de Patras.* — 1 vol. rel. maroquin.

178 — *Habrocome et Anthia.* — 1 vol., rel. maroquin.

179 — *Aventures de Hysminié et Hysminias.* — 1 vol., rel. maroquin.

180 — **Fabre d'Olivet.** — *Les Vers dorés de Pythagore.* — 1 vol., 1813.

181 — **Lafontaine.** — Œuvres, 6 vol. reliés en veau. — Paris, imprimerie Crapelet, MDCCXIV.

182 — **Machiavel.** — 6 vol., La Haye, MDCCXLII.

183 — **Bernardin-de-Saint-Pierre.** — 12 vol. relieure veau.

184 — **Esprit de Saint-Evremond.** — 1 vol.

185 — **J.-J. Rousseau.** — 37 vol., 1793.

186 — **Colardeau.** — Œuvres complètes, édition 1811, 4 vol.

187 — **Montesquieu.** — Œuvres, 12 vol., 1795.

188 — **Parny.** — Œuvres, 5 vol.

189 — **Cicéron.** — Œuvres, traduction de MORABIN, 9 vol.

190 — **Montesquieu.** — *Grandeur et décadence des Romains, Lettres persannes*, etc.. 1 vol.

191 — **Mignet.** — *Révolution française*, 2 vol.

192 — **Guizot.** — *Cours d'histoire mod rne*, 2 vol.

193 — *De la Conduite des Princes de la Maison de Bourbon de 1779 jusqu'à 1805.* — A Paris, chez les marchands de nouveautés, an XIII (1805).

194 — *Théâtre complet des Latins*, traduit par J.-B. LEVÉE. — 15 vol. brochés.

194 — *Théâtre complet des Grecs*, par ARTAUD. — 6 vol.

196 — *Chefs d'Œuvres des théâtres étrangers*, par divers. — 25 vol. brochés.

197 — *Chefs d'Œuvres du théâtre Indien,* par
  Wilsonn et Langlois.

198 — *Voyages dans la Grèce,* F c h l Pouque
  ville.

199 — Lot considérable d'Ouvrages reliés et
  brochés (sera divisé).

PARIS. — IMPRIMERIE CHAIX, RUE BERGÈRE, 20 — 4178-2-90.